气宇轩昂

张隽 著

花山文艺出版社

河北·石家庄

图书在版编目（CIP）数据

气宇轩昂／张隽著. -- 石家庄：花山文艺出版社，
2022.12
ISBN 978-7-5511-6531-0

Ⅰ. ①气… Ⅱ. ①张… Ⅲ. ①诗集–中国–当代
Ⅳ. ①I227

中国国家版本馆 CIP 数据核字（2023）第 017565 号

书　　名：**气宇轩昂**
　　　　　Qiyu Xuan'ang
著　　者：张　隽

责任编辑：刘燕军
责任校对：杨丽英
装帧设计：书香力扬
美术编辑：王爱芹
出版发行：花山文艺出版社（邮政编码：050061）
　　　　　（河北省石家庄市友谊北大街 330 号）
销售热线：0311-88643299/96/17/34
印　　刷：成都兴怡包装装潢有限公司
经　　销：新华书店
开　　本：880 毫米×1230 毫米　1/32
印　　张：6.125
字　　数：160 千字
版　　次：2023 年 4 月第 1 版
　　　　　2023 年 4 月第 1 次印刷
书　　号：ISBN 978-7-5511-6531-0
定　　价：52.00 元

序：几人从此到瀛洲

陈　雪

　　张隽自称"在粤皖人""轩斋主人"，他是20世纪90年代初安徽师大外语系的毕业生，数十年从事教学教研工作，可谓是资深的教育行家了。工作之余，他酷爱文学，笔耕不辍，常有诗文见诸各地报刊，每每作协活动或文友小聚，凭着酒兴他会来一口流利的外语，恣肆起来还会唱几曲黄梅戏或京剧选段。他热情好客，诚实大方，或食或饮，或吟或唱，总能活跃气氛，赢来大伙儿的笑声和掌声。

　　我对张隽的创作并不陌生，早在十几年前，他的第二部诗集《山色凝眉》出版时，我曾应邀参加了首发和研讨，后来还写过诗评。他的古体诗写得很好，从诗韵意象、对仗引典不难看出其扎实的古文功底，这也许正是"余幼就学，风骚家学，窃有慕焉"时打下的良好基础。他在诗集中的"胸无点墨敢作诗"的调侃，留给我深刻印象，以致我自己偶尔触景所悟，即兴欲诗，一想到引典对仗、韵律平仄的诸多束缚，至今也没写出过一首像样的格律诗来。张隽坚持在茶余饭后阅读经典诗文，对诗歌的热爱一如既往。拿他自己的话来说，就是"做生意应该是我的副业，而文学尤其是诗歌对我来说，可能是自己要用一生来追求的事情了"。他不断探索和尝试，从古体诗转入对现代诗的跨越。众所周知，诗坛流派纷呈，但爱好诗歌被不少人认为是"不合时宜"，是"圈子"文学。张隽却秉持初心，不离不弃，他凭着对待诗歌的热情和挚爱，不可抑制地涌起创作冲动，并不断地思考着现代诗如何继承传统，推陈出新，写出自己的独特感受和新意来。

秘鲁作家略萨说："作家从内心深处感到写作是他经历和可能经历的最美好事情，因为对作家来说，写作意味着最好的生活方式，作家并不十分在意其作品可能产生的社会、政治和经济后果。"我赞同这种说法。诗歌即使无法带来太多的经济效益，但这是一种抵达精神孤独的过程，在这繁华的时代显得难能可贵；是诗人用笔去探索灵魂深度，渴求崇高、独特的价值，并在这个过程中静悄悄地认知和完善自己。张隽身兼校董，繁杂的教学事务，根本无暇静下心来创作鸿篇巨制，诗歌创作又成了一种最适合他的文学表达方式。

我们不可对新诗仍持偏见，诗歌绝不是分行的散文，也不是无病呻吟的怨忧，更不是发泄郁闷的自白。中国是诗的国度，远古的《诗经》不乏现代诗的格式，简单句子往往包含着宏大的叙事。如《卷耳》："采采卷耳，不盈顷筐。"始读时是不是有些不解？一个小小的竹筐，怎么总是采不满呢？是漏了还是没放进筐内？接着来一句"嗟我怀人，置彼周行"，到此方知，原来采卷耳的女子并无心采摘，她一直在注视着路上出征的队伍，惦念着戍边的恋人。寥寥四句，也可以说是一首简单分行诗，但它的意蕴内涵却是如此丰富。因此新诗的发展也好，创新也罢，终归离不开传统文学的滋养。

回到张隽的诗集上来说，《气宇轩昂》是张隽近十多年来对自然、社会、理想、人生、情感、生存等一系列问题的思考和剖析，字里行间透露出诗人对浩瀚宇宙、万物生灵和尘世百相的感悟与体验。全集分为《时光印迹》《短歌行吟》《轩然之声》三个章节，彼此独立成章，又相互关联。作品展现出作者的慎独理解和犀利个见，是诗人经历尘世历练、情感人生与哲理思考后，描绘出的真实而动人的画卷。

诗歌追求诗意表达，它可能更多的是语言、符号、智慧的集大成者。诗歌首先是语言，是语言的技巧，从语言开始，它走向深度空间，譬如情感、理想、情怀、思索、景物、存在的真相等。从古体诗到新诗，张隽的诗歌的基本形式和语调依然，那股打动人心的力量依然，清澈、自然、透明和唯美也依然，只是视角、姿态和语调已有所变化。于是，纯真中多了些叹息，唯美中多了些日常，细腻中添了些启迪，传统中多了些现代气息。闻一多曾说，新诗"要做中西艺术结婚后产生的宁馨儿"，卞之琳也有一句座右铭"化欧化古"。而张隽在有了丰富的阅历之后，在从古体诗转向新诗的书写中，将传统的抒情融入现代性的书写，即我们常说的中西合璧，或者说汉风与洋味的结合。我们可以读到"我们肩并肩/把寂寞留给陌生的小巷"的唯美，可以读到"谎言不只是说说而已/更多时候/它们就是一个个/血肉丰满的事实"的犀利，可以读到"我的存在/是一粒微不足道的尘埃/但尘埃却是我生命中/躲也躲不过的存在"的无奈，可以读到"让心脏成为全身最强健的肌肉"那般的凯歌,多维度地展现出生活百态,引发读者的共鸣。读他的诗,你会忽然发现,世界是一种没有边际的宽广,人的存在是一粒微不足道的尘埃,但人的渺小会因为想象力的开阔而欣慰,像是找到了一条从未走过的路。

张隽置身于中西文化碰撞、混杂、交融的都市空间,他的诗歌写作自成体系。这些诗有别于传统的抒情诗,更有别于流行的口语诗,它呈现出鲜明的异质混成的美学追求,独立于熙熙攘攘的诗坛:一方面,他大量地使用仿古的语言与意象,语言典雅精致,意象与古诗一脉相承,体现出对古典美学情调与趣味的深度浸淫;另一方面,他又有意运用现代性的眼光,勾勒出当下都市生活图景,犀利地展现真实的生活百态,在生活中提炼出诗歌的精髓,有效呈现具有某种陌生美学效果的经验。相比古体诗,张隽的现代诗显然更具阅读快感,读起来更快、更易懂,好比一杯绿茶与一杯鲜啤,一杯香醇,一杯舒爽。他的古体诗虽然和新诗有诸多不同之处,然而终归出自同一人之手,乍看两不相干,实则殊途同归,"我手写我心",最后仍逃不出爱与生活二词。张隽的诗,有时候仿佛是最动人的民谣的声音,如"你说城里的喧闹/让人厌倦/听鸟叫/我们便去了空旷的山野";有时候又犹如朴实无华的歌者喊出的浑厚的篇章,如"我又将听到/一百个男人的祈祷/唱惯了赞美诗的狂热/没顶的凶兆全不知晓";有时候我们读到的是陶渊明作品的白话版,如"我是荒野上矮矮的青藤/在浅浅的小溪旁沉睡/当黎明的风/将我火热的记忆掠去/残冬里只得隐匿了行迹",改写了诗意,庄严而神圣。写诗有很多写法,几年下来,诗歌慢慢成了张隽认识这个世界的符号,成了他记录人生百态的一种工具，或者说是他审视生活的一种独特视角。隐喻、拟人、互文、象征、通感，甚至秘密，是他用诗歌和之外的存在达成的一种默契。

我想，张隽爱上写诗，一定是发现了这个世界带给人的心灵的幽微战栗，发现有一条小道通向过往岁月的记忆，发现有一条大路通往未来。诗，可以说是山间的清泉，是雨中擦出的电闪雷鸣，是灵魂深处绵延的回响，是人类精神世界在幽暗空间中闪耀的星光。诗歌显然长于我们每个人的生命，好的诗歌一经写出，就会以一种当代文化最便捷的方式——在网上与我们这些读者共鸣。其中的一些会结集成册，长存于读者的精神世界中，就像大海捧出珍珠一样，令那些陌生的面孔感到惊喜，这就是诗的意义和诗人的期冀。其实在任何时候我们没有诗都能活，诗不是必需品，但诗总是在那里，传达给我们最温柔且有力量的情感，教会我们真诚地、有诗意地生活，鼓舞我们拥抱最动人的生命，这也许是张隽最质朴的文学观。

偶尔读到李鸿章当年进京赴考的《入都·其一》诗，前四句不赘述了，后四句是这样写的："定将捷足随途骥，那有闲情逐水鸥。笑指卢沟桥畔月，几人从此到瀛洲。"大家知道他是晚清著名政治家、军事家、洋务运动和北洋水师首倡者，却未必知道他的诗也写得如此酣畅淋漓。在此引用此诗绝非故意卖弄，倒是李鸿章的豪气与自信实在值得学习。今天的文学，无论是小说和散文，古诗与新诗，都已越来越边缘和越来越"小众"了，在这条崎岖曲折的羊肠小道上，始终还有一帮"不合时宜"的人在默默地读，执着地写，张隽也算其一。文学不死，诗歌不死。行文至此，感慨多多，不妨借用"几人从此到瀛洲"这句诗，瀛洲与蓬莱、方丈合称为三大神山，宋代大诗人苏轼寓惠时曾写过："蓬莱方丈应不远，肯为苏子浮江来。"我们且把"瀛洲"当作是文学的殿堂，看谁坚持走到最后，这既是共勉也算是期许吧。愿张隽在他悉心耕耘的诗歌田园里，垦出一片属于自己的郁郁葱葱的文学绿洲。

是为序。

壬寅年春写于惠州枫园阁

陈雪，中国作家协会会员、中国散文学会理事，现任广东省惠州市作家协会主席，《东江文学》主编。

目 录 Contents

第二辑　短歌行吟

第一辑

时光印迹

窗前的背影已淡，罗裙已换作冬装，流泪，已不再表达心碎。

第 一

第一次
　　第一次向你提起
我脸红了多年的乳名
　　金秋的灿烂里
　　像只初鸣的鸟儿
第一次
　　第一次唱起第一支
为你学的山歌

繁霜
凝不住我倔强的声音
　　在霜里
我捧出跳动的心来
要雕成霜染的枫叶
　　第一次
让眼睛化作诗句

携着那片枫叶儿

　　　走进

献给你的扉页

　　　　　　　　2006 年 1 月 29 日

灵感的风

心中
　　无端地忧郁
怨埋手中犀利的笔
　　写不尽胸中
似海的情怀
　　无奈让情缘
沾染了灵感的风
　　在风里
嗅到了酸苦的滋味

2006 年 10 月 28 日

寄语苹果树

果叶青青的时候

我去了陌生的北国

灰黄的风里

捡一袋相思豆

装进粉白的云被里

盖上了鲜红鲜红的邮戳

那是个风肥雨瘦的季节

浓云和细风恋爱了

小河流偏了向

挡不住黄昏和落日

果林里长出了不朽的岁月

记忆只谱了章

没有主题的音乐

就在果红叶绿时

我告别结满愁缘的北国

带不走一丝赤裸的生命

风干的果核里

点燃

怀了孕的苹果树的执着

2007 年 1 月 31 日

祈

时间　空间

一道永恒的裂缝

我试着

在等待中弥合

窗前的背影已淡

罗裙已换作冬装

流泪

已不再表达心碎

背起画夹

去寻觅另一片风景

路

还是弯弯

也许

这次比那次更短
但愿
它莫如流星
划过天空的一闪

2008 年 12 月 12 日

情　愿

不要说
写不完的忧伤
所有失去的
都将成为珍宝

世上哪有歌声
能填平的心痛
世上哪有期冀
能滋润的饥渴

若是有一天
磁盘能录下心情
我情愿
把嗓子抛进森林里
去喂野兽

2008 年 12 月 23 日

世　界

你走了
没道一声
温柔和甜蜜
我却被你撕成一片一片的云

你走了
世界从此
不再属于我
自你走后
我就倔强成了
一个个漂浮着的生命
为你
不停地渴念
默默地憧憬

记得那天

你说要走

我就没敢

过多地挽留

我知道

为你

我永远是避风的港湾

无论漂泊到哪里

为你

我永远张开臂膀

等待你的归航

2009 年 10 月 29 日

结　局

虽然遗忘能赶走心痛
虽然回味能填补空白

每一个声音
谁敢说没有惶惑
黎明中
捡不起破碎的温梦

要么
你去假想结局
一切还没开始
所有的开始
便是最好的结局

2010 年 12 月 4 日

生　日

忘不了
那轮清澈的月
忘不了
那团幽燃的烛光
眼睛亮亮的
脸也红红的
那地方不安静
那地方是个闹市的街角

那次，你点了十一支
我点了剩下的十支
那日子我说不平常
十二月二十八日

蛋糕圆圆的
你的微笑也圆圆的

那回，我说得太多
说得让你伤心
你说我从来没有过过
这样美满的生日

烛光红红的
你的脸也红红的
我们紧紧拉着手
缓缓呼吸
我们静静地坐着
静静地
你的手热热的
心却很潮湿

哦，对了
还有月光唾弃的那首恋曲：
"我们在红松林里漫步
疲倦了，歇一下脚
又觉得时间它很长很长
路，正默默地伸向远方……"

2011 年 1 月 19 日

公共汽车上

公共汽车上
见一位女人
她丰满漂亮
就坐我身旁
我想转眼
对峙目光
我心里幻想
她和我一样

公共汽车上
我忸怩不安
想要张口
话语滚烫

公共汽车上
我像只动物

害怕抬脚
碰破了胆量

公共汽车上
见一位女人
我心思重重
不敢声张
她沉默无语
和我一样

2011 年 5 月 9 日

无　题

我是荒野上矮矮的青藤

在浅浅的小溪旁沉睡

当黎明的风

将我火热的记忆掠去

残冬里只得隐匿了行迹

我是秋天里吹不落的绿叶

繁霜只对我无奈地叹息

当傍晚的云

送来温柔的灵犀

饥渴的心还在露水中缓缓爬行

2012 年 1 月 24 日

看 山

你说城里的喧闹

让人厌倦

听鸟叫

我们便去了空旷的山野

你穿了红线衣

我没忘带白手绢

大山毫无节制

睡意阑珊

想采一把艳艳的红叶

无奈这休眠的冬天

小径是盘旋的腰带

细雾全躲进密密的树缝间

石级旁蹲一尊清冷的古庙

你一脸的虔诚

佛像前念念有词地祈祷

我想笑却没敢

手中托着

你那件坏了拉链的滑雪衫

山巅上

新添了两个红白相间的小点儿

那是我们

踩着风儿交谈

很远的地方

你说那儿有小鸟在云里飞蹿

忘了吗

那个初冬的蒙蒙天

我们站在透明的风里看山

心里揣着碑文

耳中塞满鸟鸣

记忆驾上了新染的红帆

2012 年 1 月 26 日

静　夜

月亮打盹儿的时候
　　风儿累了已睡去
钟摆
　　喘着粗气
驮来你脚步沉重

十二声敲响
　　你十二串的洁白
寂静里
　　用温柔抚摩
我似渴的冲动

谈心吧　我们
　　掏出眼睛当笔
让烧熟了的目光
　　拥抱在

遮不住的指缝

双唇
　　托不起你灿烂的微笑
鲜红的纱巾里
　　有我一声
凄凉的珍重

你走了
　　风儿和月亮还没有醒
我独自听着钟摆声
　　用眼泪和心跳
为你送行

2013 年 1 月 28 日

心跳与微笑

我正在听着

　　一百个女人的心跳

犹如沉睡千年的火山

　　喷发前捎来的预报

一百双颤动的朱唇

　　燃烧了十个月的灯罩

用水是枉然

　　干脆丢进高炉里重新铸造

我又将听到

　　一百个男人的祈祷

唱惯了赞美诗的狂热

　　没顶的凶兆全不知晓

一百双粗糙的大手

岂能是喷灭烈焰的海啸

须知道

女人的心跳应待之以坦然的微笑

2012 年 2 月 3 日

故　事

男孩冰冷着面孔
女孩热情而稳重
他们俩一起
写着自编自导的故事

一

九月，一个多情的季节
金秋灿烂的风里
有 T 恤衫和连衣裙的诱惑

男孩来去匆匆
怀里揣颗红豆
女孩还是个未解的谜

太阳把他们的距离拉近

相思树终于开了花
开在轻霜微寒的初冬

圣诞晚会，平生第一次经历
男孩没忘了
送女孩一件小小的礼物

起风的月夜里
跳舞、谈心、听音乐
女孩又看了男孩心爱的影集

天上的星星
一闪一闪
男孩的心里荡漾着欢乐

雪花飞舞时
已过了大半个冬天
男孩平生第一次害怕分离

二

第二个春天的开始
女孩收敛了笑容
男孩也领略了忧郁

女孩给男孩讲了自己的故事：
很远很远的地方，有一只美丽的笼子
笼中有两只小鸟深深地相爱着……

三

三月，清冷的夜里
男孩失眠了再也睡不着
男孩学会了抽烟、喝酒、写诗，学会了孤独和沉默

五月，初夏的风吹来
男孩还在拼命地孤独，写诗
身边只有一本泰戈尔的《飞鸟集》

"女孩，一颗最美的星星。"
男孩说他没齿难忘，
"除非，我翘首寻不到自己的星空。"

四

这故事是条缓缓的小溪
金秋是起源
寒冬便流到尽头

这故事写出来没有结局

没有主题，也找不到合适的插曲

男孩和女孩——两个人的故事

2012 年 2 月 5 日

那个季节

记得你说

喜欢垂柳喜欢鸣蝉

我便摘来了

火热的夏天送给你

我们曾在

吹灭了星星的夜里谈心

你在说着诗里的童话

我只爱看你的眼睛——看星

那个夏天很短

我们便去了花瓣上旅行

时间是蔚蓝的大海

沙滩上站着烤熟的脚印

那个绯红的季节太阳灼伤了脸

从此之后，女孩子的长睫上

挑起一首

褪了色的情诗

2013 年 2 月 2 日

雨　夜

雨滴
　　　拍打着车窗
心情
　　　由南方驶向北方
湿漉漉的雨夜里
　　　我们没有伞
让丝雨把爱语拉成行

路灯是长长的仪队
站台是新筑的广场
起风的街道上
我们肩并肩
　　　把寂寞留给陌生的小巷

穿过冰冷的街道
　　　心情由平静

突变张皇

　　让心情乘坐快车

一直驶向远方……

　　　　　　　　　　　　2013 年 5 月 11 日

寄语南方的恋情

北方的某个早晨
　　你打开
朝南的窗户
　　林中吻别的一对麻雀
叽叽喳喳
　　于是
你收到了
　　自南方寄来的恋情

那是南方少年
　　用滚烫的心写的
那是痴情小子
　　用火热的眼神寄出的
你捧在手中，烫痛了手指
　　灼伤了心
蒸熟了眼里的河流

终于

    在一个宁静的午夜

你把温柔折成信封

    眼泪被叠成了蓝色的花瓣

用心贴作邮票

    系在了鸽子的翅膀上……

2014 年 6 月 12 日

沉　默

分别的刹那
　　你终于
没有一句蜜语
　　只有温柔的两手
轻轻握别

微笑
　　抹不去脸上的悲哀
你于是
　　用沉默
睁大眼里的无奈

车轮喘着粗气
　　抛给我浓浓的思念
汽笛
　　撩起颤音

告诉我长长的等待

那次你沉默了
　　我也没多说
七月里
　　南国飞去了一支金箭：
你的沉默便是我的痛苦

　　　　　　　　　　2015 年 7 月 15 日

那年，我领多情走出小镇

相聚与相爱之后
依然是遥远的陌生
记得那年
我领多情走出小镇

告别了熟透的夏天
带你去摘
秋天的花朵——
那座临江的古城

江南的秋雨
一位纤柔的玉女
在雨中
我把浓浓的相思织就

此后是日起星落

再之后是潮涨雾退
你累了，我也醉了
岁月渐起了灰色的皱纹

又是个灿烂的五月
你弯成南国的剪影
花朵中的女孩
唱给我甜蜜的永恒

秋天与秋天相爱之后
隔不断遥远的祝福
难忘那年
我领多情走出小镇

2016 年 7 月 16 日

信

树很绿天很蓝

洁白的稿纸

沉甸甸的心愿

思念是颜色

期待当长帆

风起星曳的夜

撑起无奈的眼神

看两黛青山

我在波光里

你在彼岸边

岸边有娇柔的玉女

岸上有沉醉的牡丹

看倦了

我眨一下眼

眼里掉下酸涩的花瓣

河水拾起花瓣
琴声飘来孤单
雨落时，夜很惨
月光流不动
琴弦已拨断

雾很大很浓
我扯起厚厚的长帆
远方站一座明亮的高塔
红红的期待中
擎着我的信和思念

2018 年 7 月 3 日

往　事

都说你温柔

都说你媳妇心肠

还记得那个针线盒

还记得那个"百宝囊"

那年的冬天

你用巧手缝下

我脖子上黑色的诗行

那时的你

依然心雾茫茫

第一次把热吻偷留在卡片上

那日子虽有些朦胧

而我将永世难忘

临江的古寺旁看山

鲜红的纱巾裹回淡淡的芳香
从那时起
我学会用甜蜜洗掉脸上的忧伤

当季节引来洁白的冬雪
当离别割断我火热的情肠
孤寂的窗口
飘落我失血的歌唱

终于醒来
在那个多情的五月
玫瑰花重新装扮起破碎的朝阳

第一次把唇纹
印在微热的眼眶
第一次捧一朵玫瑰
欣然入梦

那日子早已插了翅膀
满天星斗的月夜里
我从你失血的眼神中
找不回失落的海洋

五月的叶，很绿

五月的人，很忙
五月的爱情
匆匆化起夏日的浓妆

五月的水，很甜
五月的菜，更香
五月的诗行里
绽开了满园的疯狂

告别怯怯和惶惶
爱情带着丰硕
同夏天一起
看别离的路标
已立在不远的前方

弄不清恋的颜色
辨不出爱的方向
往事交给你，交给我
思念的影子长长

2019 年 8 月 4 日

花　祭

采花的季节
花却洒泪而去
抛开淋漓的热吻
把离愁酿成酸楚的记忆

从此
地球的边缘只剩下
烦恼和期待抹浓的
两颗黑痣

画尺
量不出相爱的距离
生命
将再一次捧起孤寂

都说

天下没有不散的筵席
筵席上有你
也有我

花开在
灿然的五月
花谢时
绿叶满枝

花开的时候花谢
花谢时席散人空
月亮苍白地
照我，照你

2019 年 8 月 10 日

分　别

牛皮纸信封托起黑色眼神

托起黑色山峦托起黑色悲哀

季节，已驮来等待

等待草枯等待叶败

等待温柔的信纸上

洒满千百行

悸动点燃的眼泪

不够吧，八角钱

贴一枚紫色的邮票

一汪深情的大海

要两元钱要巧手和特快

要爱语

抚摩我炽热的情怀

鸽子揣着恋爱飞走

月光下脱落一根受伤的羽毛

何日是归期

别梦依稀的站台

雨滴吹灭了满天星斗

手已握不住

晨雾里的凄凉和无奈

分别时

鸽子们正热恋

分手时

他们收获着

夏日里酸苦的等待

2019 年 8 月 12 日

第二辑

短歌行吟

它是一面镜子？不，一把火，一把将你烧得面目全非的野火。

人造美女

这个女人
可能全身都是假货
男人们却百看不厌
只源于
她把吸睛的地方
插上了男人们喜欢的花

2019 年 11 月 29 日

花　瓶

玫瑰舒展婀娜向我闪眼
我指着满盛仙水的身体
告诉她：
你看我还装得下什么？

2021 年 10 月 20 日

椅　子

久坐者的依靠
断脊者的亲娘
更多的时候
细菌与弱病者
与他称兄道弟

2021 年 6 月 29 日

坏　人

其实
好人与他的对立面
相貌上就在伯仲之间

面具的背后
弗洛伊德的精神分析
经常灵验失效

2021 年 7 月 23 日

回　忆

它是一面镜子？
不
一把火
一把将你烧得面目全非的野火

2021 年 9 月 2 日

无　聊

——致光阴

你静坐着
无所事事

整个下午
你只喝一杯浓咖啡

整个下午
光阴流淌了一地

原来自来水龙头
一直开着

2020 年 7 月 8 日

国足球赛

早早洗漱

沙发上的一尊神座

期待奇迹

等来的结果：血压骤升至一百八

2021 年 9 月 6 日

二 爸

生活中
某些感动
令生活之胴体
散发玫瑰的芳香

有些眼泪
虽只有一滴
转身品味
一阵不小的涟漪
泛起于心湖之中

2021 年 2 月 5 日

家

只有孤独的时候

才会想起她

其实

她不过是你

伪装孤独的空房子

2022 年 2 月 11 日

冬　眠

准备好了吗
钻进去
就别再出来

岩洞是钟乳石铸成的
它可以根据体温
调节舒适度
你钻进去的时候
是很快活的

2021 年 10 月 26 日

阳　光

病毒肆虐的日子
芸芸众生们
需要它的普照

病毒横行的日子
人们为印度祈祷
替非洲担心

阴霾的日子里
人们很少见到你
星星点点的病虫
又来作祟了

2021 年 10 月 29 日

鱼　殇

这一回
我闻到玫瑰的呻吟
如同听到
你的一声惨叫

一刀下去
你就一跳
每跳一次
我的心就颤动一次

2021 年 11 月 8 日

虚　伪

明明是昨天的灯光

偏偏今晚拿来展卖

你从垃圾桶里

捡来的尊严

早就被古人

用刀笔削得一屑不剩

2021 年 11 月 9 日

结局还是开始

所有的结局
似乎早已有了开始
所有的开始
似乎早也有了结局

你觉得
这个冬天
还需要一把熊熊燃烧的烈焰吗？
或者还需要一场轰轰烈烈的暴风雪吗？

2021 年 12 月 21 日

每天汲取

站在你思想的肩上

每天汲取一滴甘露

我的骨骼和肌体貌似强大

而我只愿意

如你倡导的那样：

让心肌成为全身最强健的肌肉

2021 年 12 月 23 日

无　多

存于世间屈指计日
如同阅读巨著
数着页码行进

快马加鞭
只为时日无多
到站的瞬间
蹉跎了光阴
悔恨下辈子

2021 年 12 月 23 日

无　题

我的生命之流
因你的变故而改变方向
我奔向理想的马车
踏出了南辕北辙的轨迹

心里流淌着蓝色的血液
青筋蹦绽出紫色的花纹
没有加快的心跳
只有留给下一次的期冀

2022 年 1 月 19 日

窗　帘

在脆弱的窗户上
挂上一面美丽的窗帘
但心里的脆弱
却是漂亮遮不住的

2022 年 1 月 21 日

颜　色

厕所坐垫下的尿液中
泛滥着点点血色
生命用红色告诉我：
所有的摧残
都是有代价的

2022 年 1 月 21 日

理　想

女娲抟了土
盘古擎住天
于是生了人
终于射出光

石间蹦出猴
海里跳出龙
南天门外英雄吼
东海岸边惊天娃

你沿着浓浓的朝雾行走
于是站在了美丽的风口
你望着满天的星斗
终于悟出了不朽的诗行

手是生命线

力乃定海针

星座宇间立

石是擎天柱

雾叫草头王

理想放光芒

2022 年 1 月 22 日

真　实

我用诗歌呐喊生命
生命却忽略了我的存在
我的存在
是一粒微不足道的尘埃
但尘埃却是我生命中
躲也躲不过的存在

2022 年 1 月 23 日

不　幸

我的不幸
有时候是自找的
就像昨天
我又忍不住
与尿不到一壶的人
站在一个尿坑里撒尿

2022 年 1 月 23 日

背　叛

谎言不只是说说而已
更多的时候
它们就是一个个
血肉丰满的事实

2022 年 1 月 23 日

敢　怒

愤怒

不是一种声音

而是一种心态

勇敢的时候

发出的吼叫

它们是有颜色的

2021 年 6 月 28 日

伤感的情节

文人伤感的情节
总与它有关：
"荡气回肠"
这是骚人对它的谬赞

更多的时候
它却是个悲情英雄
出逃的时候
总是从肮脏洞口爬出

2021 年 7 月 3 日

玩　世

生为尘人
只能好好活着
追求长生不老
寻找灵丹妙药

一旦死去
尘土一堆
痛悼一日
忘之永久

2021 年 10 月 17 日

海　水

我心中的海水
与胃里的海水
颜色不同
性格也迥然

2021 年 9 月 7 日

第三辑

轩然之声

撕下新的一天，发霉的日子，连同扔出的垃圾，摞成一堆堆迷惑的心情。

雨　声

宽阔的肩膀

杵着

荒凉的额头

淅淅沥沥的声波

揉进泳池密密麻麻

条纹萧条得

如同窦落的西瓜皮

听不惯的声音

与我久违的脆弱灵感

狭路相逢

2021 年 6 月 29 日

葬　礼

一律的黑色
白色的花瓣
是她的衬托

所有人面无表情
有真情流露的
也有装腔作势的

儿子知道
爸爸不再醒了
他哭了
妻子不知道
自己几个月后就要改嫁了
她也哭了

几家欢喜几家愁

有人窃喜有人忧

病痛与遗忘

两个永恒的主题

他们不知道

2021 年 10 月 24 日

冬日印象

钢筋水泥托起的山脉

绵延于城市的心脏

血压骤升

舒张与收缩二兄弟

齐声哀鸣

四轮飞转

噪音与癌症

同肺呼吸

云彩与雾气

势不两立

太阳在冬天里

起得太迟

2021 年 1 月 26 日

梅州与高铁

一

驾东风饮风如饮牛奶

如饮手边摇晃不停的苹果汁

如握方向盘旋转不定下一秒方向

如看人生向西向东向后向前

如看中年人不低不高不左不右的心电图

如看一切命中注定的风景及其边界

梅州的景色好好

梅州的水色好好

梅州的秀色好好

二

高架桥架远架近加上加下

风沙吹不尽农田村味牛车马草
高速国道省道县道道道喧嚣
老叟村童田翁伙计个个腼腆

梅州的空气好好
梅州的人气好好
梅州的天气好好

三

梅州高铁站新开的大门
与惠州火车站的旧大门一样小气
搜肠刮肚搜不出一句凝练的语言
却刮出一串贫瘠的思想
平庸的思想匹配不平庸的语言
就像梅州高铁的速度与
广州高铁的速度一样风驰电掣

梅州的昨天不好
梅州的今天好好
梅州的明天更好

2019 年 9 月 16 日

还是那张脸

从未有过白发的黑头
也霜染了一回
从未听到过心痛的曲子
这是头一回刀刺般疼痛

花自飘零水自流
落红漂白人心的浮躁
脉动之音
在灵魂拍卖行里出售

没什么
就觉得街衢寂静
撕扯着空虚的魂灵
才下眉头却上心头

2020 年 3 月 19 日

岁　月

从来自信的田头
经不起岁月的耕垦
额头的皱纹
终于变成
岁月的印迹

白皙的肤色
掩盖了真实的年轮
忧郁的眼睛里
藏不住品位与憧憬

项圈的多层
折射出人生的幻影

2020 年 3 月 21 日

等

撕下新的一天
发霉的日子
连同扔出的垃圾
摞成一堆堆迷惑的心情

约好了
樱花绽放的时候
去园子里透一口气

眼睛长出青苔
手套里的汗水
再也遮不住夏天的性格

柜中的洋酒
早已喝完
只能竖起耳朵

想听听
远方海锚中传来葡萄酒的香味

手势摆得太久
臂膀伸得太长
迈不开脚
只缘不敢碰响
埋伏在栅栏里
那串水晶雕砌的风铃……

2020 年 3 月 25 日

假 如
——理想中的空想

假如你是一座孤岛

那也没什么

至少那里还有

茂密的森林

假如你是一只孤鸟

除了湿漉漉的羽毛

你还拥有什么

有了孤鸟飞临的森林

孤岛便有了希望的影子

淋湿羽毛的飞鸟

栖息于茂林的刹那

遗失了翅膀的孤岛

终会迎来

射向光明的金箭吗？

2020 年 4 月 23 日

错　过

本该是

一名飞行员的儿子

那是一九五〇年的事了

飞行员没做成

影响了一个家族的命运

他的儿子写了一本小说

记录了一个家族的历史

只是他为什么

没有去成朝鲜战场

成了一个遗憾的结局

他本该去体验

花一样的生活

却与草一样的命运

紧紧相连

他本该结识一位
平凡的农妇
却阴错阳差地邂逅了
一位花一般的女子

五十年后的昨天
他把身子躺在
家乡的松柏里
躺成一堆白骨
去年的昨天
他的白骨在青山与翠柏中
与一位女子长相厮守

他错过了一辈子
却没有错过
自己的宿命
他邂逅了一辈子
却只能邂逅一个
不属于自己的舛运

2020 年 5 月 5 日

渴　望

抬头仰望天空

上天突发风能

沿着乌漆漆的云层根部

她被吹向

遥远的地极

不记得

这是饥渴后

第几次

寻不到食物

又没有一滴饮水

空腹前行

邂逅豺狼虎豹

电影里阐说

黑夜的尽头

便是光明

而光明呢

蕴藏着

亿万吨深刻的黑暗吗

2020 年 10 月 12 日

心暖扬州

暖暖的扬州夜
暖暖的扬州城
暖暖的小秦淮

一群人
来自东西南北
一群人
怀揣着理想的风筝
一群人
驾起了破浪的长帆

这不是
一次简单的朋友聚会
这不是
一场平凡的走亲访友
这不是

一趟无关痛痒的旅行

十几个

男男女女

十几双

合了力的手臂

十几个

装满智慧的脑袋

他们要把

成功的经验分享

他们要把

智慧的种子点燃

他们要把

同学的情意传扬

美好的扬州夜

你将见证

这友谊的颜色

美丽的小秦淮呀

你将记录

这理想的风向标

古老而年轻的扬州城

你将用美丽的秋景

和炽热的激情
留住 2020
这本美好的相册
在你手我手大家手里

暖暖的扬州夜
暖暖的扬州城
暖暖的小秦淮……

2021 年 4 月 19 日

可　乐

害怕长胖的人
捧你在手
不敢
却假装碰杯
你的品牌
让他欲罢不能

害怕钙质流失的人
藏你于冰盒
偶尔
打开冰箱门闻一闻
你的味道
早已不在他的记忆里

小我
是你忠实的信徒

不怕长胖

不怕流钙

你真实的生命

和你无法形容的味道

天知道

生不带来

死不带去

2021 年 4 月 5 日

合　约

签上尊姓

署上大名

再按上猩红的指纹

它是保险箱吗？

有信之人

放在阳光照不到的地方

无矩之徒

藏于心里最潮湿阴暗的角落

把希望和诚信

缝进一张纸里

希望就被藏进了

潘多拉的盒子

不相信眼泪

不拒绝笑容

举眉相对

笑容可掬

2021 年 5 月 3 日

倒数第二天

——离六月还有一天

总在不该告别的时候

张开拥抱

许多佯装的惜别

让微笑看起来

更像眼泪

夜静之际

溜进叔本华的书屋

偷师哲学

与尼采发疯时

尖叫的声音

同工异曲

还剩下一天了

草地依然翠绿

温度却苦中有酸

开花的季节

不过百日

树在风中摇曳出

灿烂的遐思

2021 年 5 月 30 日

明　天

阴雨的天气
期待明天的太阳
光灿的日子
忽略雨伞的力量

你，造伞的巨匠！
伞，一把一把地流失
你的耐力一点儿一点儿地散失
雨，你是雾的变种
太阳有太阳的光芒
光芒的力量
来自云、雨、雾的搏击与较量

今天不残忍
明天更不残忍
谁说后天不是明天的光华绽放

期待明天

不是用今天做药方

去抓昨天的药

期待明天

是用今天的痛苦与病伤

去抚摩

属于明天花蕾的脊梁

2021 年 6 月 9 日

病中箴言

古语有云
人之将死，其言也善
病中的感悟——
字字千钧

树枝斜了
有什么关系
橘子黄了
还怕错过了季节

为什么只有绝症缠身
才出惊世之论
为什么只有诀别的时刻
才能红尘看破

2021 年 8 月 6 日

冥　问

女娲抟土居何方？
普罗米修斯的火炬丢了吗？
宣父缘何畏后生？
世民杀兄发本心乎？

真相与真理的缝隙在哪里？
理想的光芒与光芒的理想能同轨吗？
病毒的起源在何方？
人类与恶魔共存到何时？

徐福的后裔们
夹道迎接过杨玉环的魂归吗？
鉴真法师留在扶桑的佛书
还供奉在唐招提寺吗？

罗曼·罗兰的长卷中

缘何只有那个奔跑的少年？
泰戈尔的《飞鸟集》里
为何只有一只飞不起来的凡鸟？

不幸落入生存的夹缝
站在向光还是背光的地方？
真勇士与勇士真
头破血流是否有如出一辙的结局？

丢了一只旧表
还要买一只崭新的吗？
失忆的瞬间
就注定要将记忆戴上枷锁
永永远远，永远永远
锁进保险柜吗？

2021 年 8 月 7 日

窗外飞车

窗外
千驰越过
飞逝如箭

静坐一隅
没有
沉舟侧畔千帆竞越的豪迈
独品
烂柯人恍如隔世的叹息

2021 年 10 月 9 日

激 情

没有年轮之累
没有地域之限

凝练的
充沛的
丰富的
这些都是你
必不可少的形容词

欣赏你美德的标准
只有
怎一个"啊"字了得!

2021 年 10 月 10 日

感　动

蛰伏已久的心脏

早没了疼的味觉

恍惚间

尝到你的尖叫声

听到你的一缕芳华

冬眠的心

蓦然痛出一种崭新的味道

2021 年 10 月 10 日

史 诗

扉页
一面瘦身的魔镜
章回
柄柄长长的利剑
结尾一地鸡毛
而她的底页
依然是一面完整的镜子
不过是面重圆的破镜

2021 年 10 月 11 日

GZ，我心中的至爱与至痛

像往常一样

早点儿洗洗睡下

这回要做的

就是把闹铃定在凌晨一点

心里生锈的铁砣

早已挂在痴心的梁上

不知挂了多少年

期待它不再落下

可每次都是事与愿违

然而这一回的期待

果然有点儿与众不同

那四五个归化球员

把我遥遥无期的等待

蓦然间

燃成了秋天里枫叶的光华

这次
你又拿起魔镜
将我刺得伤痕累累

如今
我唯一的选择
也是我别无选择的选择
便是等待
等待你的幡然醒悟
等待你的转世
等待你的凤凰涅槃
等待你一切的一切

没办法
只唯你，GZ
我心中的至爱与至痛

2021 年 10 月 14 日

目　前

当饥渴的手还未伸进
本该装满面包却装满空气的背包
空气于你
目前至少比面包重要

住在依山傍水的小木屋里
或者躲进城市深处的某个角落
写诗还是叹气
阳光依然灿烂地
灿烂地照进不管是黑暗还是光明的窗户

2021 年 3 月 29 日

冥　想

把思想之臂伸向太空

时间是哲人胡须上

结出的冰溜

风度与气质无法用尺子衡量

每一枚文明之果

是浩瀚宇宙中

赤脚踏出的放浪形骸

大帝或屠夫呼吸如潮

虚伪的史官们颤颤巍巍

历史只留下大段大段的空白

巴伐利亚的吼叫

盎格鲁–撒克逊的火种

更多的时候

是柄柄高高扬起的屠刀

东方的小桥边

静静地

静静地只会流淌一种水系：

和而不同

两败俱伤

较量的结果

早已一清二白

更多的悬念

从来先卜未知

地球痴迷于自西向东

月轨不懈地绕地而旋

所罗门群岛的北风

永远吹不进可汗大帝的军帐

哭声笑声

雷声雨声

声声震耳

太阳忙碌宇宙颤抖

露珠飞舞花枝喘息

思想绣出的花

还会绽放在暮秋的原野上吗？

2021 年 5 月 2 日

太　阳

亘古的天与地
巨力支撑的双臂
你
一道闪电的劈刀

文明与荒蛮
在你面前
只化作年轮
制成古迹和标本

雨点儿虽小
涓流以成
蒸发眼泪的你
洒就大海波涛
洒就兽类狰狞乐章

灵犀般聪慧之鼻

闻一闻

奥斯曼大帝虚胖的灵魂

披头散发的角斗士

意气风发的轻薄骚客

盛赞八股古气飘香的长辫子

生与死

强和弱

火种遇刀光

剑影跟梭枪

照弱弱地

光强强地

睡狮醒来

宇宙侧目

2021 年 5 月 13 日

等　待

你不敢面对
空气、阳光、水甚至咳嗽
这些真实得一塌糊涂的东西
让你忘乎所以

等待更多的时候
是你心中的一弯月
脚下的一株草
想象中的一条船

与时间较量
较量的结果无非就是放弃
心上的人会化作画中的画
眼中的帆就荡成了海里的海

日子过得一天比一天瘦

糜食渐渐被蔬菜替代

不拒绝阳光

于是

隐忍黑夜在栅栏口

留一盏忽明忽暗的烛光

2021 年 4 月 25 日

火　焰

点燃的瞬间
注定了她的身姿
苗条还是丰腴

吹一阵风
飘零的枯叶寻不到
最好的归宿

躲在黑夜里哭泣
雄鹰害怕火捻子的温度
灼伤眼泪之堤

说她狡猾
那是因她温度忽高忽低
全无贵贱亲疏
照人瘌眼毫不心慈

唯一的短板
留给了冰海中的沉船
灯火替代不了她的仁慈
于黑暗
她痴心不悔
从不流泪

2021 年 5 月 2 日

桃花潭

春暖花开的日子
汪伦的衣冠冢静静地躺在那里
真真假假的神话传说
已越千年的逸事佳话
如今早成了霜打的柿子

桃花潭依然清澈见底
那水却是
数百次回眸汇成的倒影

李白喝过的桃花酒是否苦辣交加
无人能解
桃花潭的故事
讲了一千年
骚人穿越历史的片片枫叶
还在酸酸的空气中飞舞

2021 年 3 月 30 日

小 可

揽你入怀

丝丝扣肉

万般遐思

五四的情怀

撒了一地

人心渐老

黄花虽瘦

瘦不过秋天的山笛

说要栖于草地

碧绿已等了一千年

伸一下玉手

抖落芳情

于绝世的空谷

站立风中

站成

生命的风景

2021 年 5 月 4 日

当你……

当你

赤裸着胴体

怀揣撑着支架的心脏

你飞旋的舞步

拷问起生命的重量

糊涂虫的节奏

双脚每天踏出一万步

车流如火

烧掉人间的青葱

人心如潮

收割田野的韭菜

每一次活着

就用错误的冲动

惩罚世界

从哭声中爬出母体
又将从哭声中
走向另一个母体

2021 年 5 月 13 日

执 着

所有从容陈列的情感

从经验上看

都是泡沫

那些发过芽的

那些抽过丝的

还有

那些受了孕却没有分娩的

难道都是

时间和空间的错位吗

许多美幻的影像

邂逅的时候

光环送出错误的信号

所有现实的结局

与其说真实

不如说

都是时间与空间较量后

挂在天空中的云

2012 年 5 月 15 日

远　行

岁末之思绪

一座黑魆魆的灌木林

放松神经

迈开一双

又臭又脏的黑脚

一年的积蓄

加减乘除

和带平方根的记忆

不管是一道

算不清的难题

还是一个

永远没有得数的答案

都存入银行卡里

一笔不大不小的财富

它们还是你

远行时

看到的一株株不同的植物

2021 年 1 月 29 日

心　痛

左心房时不时疼痛一下
也许是
伤心的身体发出的哭泣声

心痛的时候
顺势急寻
右口袋里的速效救心丸

心痛的剧烈程度
令人不得不想起两个字：
死亡

生命中的死亡类别种种：
因幸福因苦难因疾病因……
每一种死亡只要不是痛死的
就叫好死亡

2021 年 3 月 24 日

文 胆

在不长毛的皮肤上写诗

犹如

在长满蒿草的土地上植皮

句与句之间毫无关联

段跟段前后互不照应

字体大小全不统一

颜色深浅还呈五六七八

一逗到底

从来都是信手拈来的积习

文白夹杂

不过翻版过的赝画

字母拼音邋邋遢遢

反正无处发表

不如

文过饰非

笔似其人

字字开花

行空天马

2021 年 3 月 26 日

有时候

貌似心痛之表
实乃虚伪之实
不信？
用刀子割一割
受伤者思想之脉

谁敢担保
不会流血
更不会伤痕累累

锯不出血的铁刃钢刀
与没有流血的思想之脉
其实早已同流
是否还要合污

2021 年 5 月 14 日

经 历

涂满油彩的岁月

日子被烤得比猪肝还紫

记得故乡被压弯的那条小溪

童年的梦想光怪陆离

村口那个打谷场

鱼和肉与工分比肩的年代

孩子们纯粹的笑靥

撑起了一道又一道

记忆的风景线

偶尔的吵闹与哭声

是村民们留给田野

最真实的诗意

奶奶和外婆不约而同

重复着

听不懂的乡音
种植过的生活和播撒着的甜蜜
让思念爬出蠢蠢欲动的心脏
故事的身影渐行渐远

成长的足迹
不代表
曾经经历过的记忆的长度
生命的原野上奔腾着的野马
如长河中奔腾着的浪花
找也找不出
意象中功德圆满的轨迹

于是
试着把它们统统打包晒干
送进博物馆里
陈列作一面镜子

2021 年 6 月 11 日

这是唯一把我埋葬的声音

我盘算着
要采一束毛茸茸的痴情草
堵上早已麻木不仁的耳朵
还要滴上几滴刚买的双氧水
只为拒你于千里之外

成千上万只音符似蝗虫
狂轰我枯萎而心酸的耳膜
那些洪水般巨震的声威
让我战栗而且惊悚

只能举起
风铃草一样亮晶晶的眼神
却迈不开
因痴情而变得慵懒的双脚
悻悻地

托起沉重的思想之鼎

悄悄移走一文不值的灵魂之树

迎面袭来的

却是背叛之树结下的恶果

这无因之果

考证过：

空灵无度的铁镬

与真实的血肉之躯

杂交过的声音

避不开的宿命

我只能让

生命的魂灵出壳

杀死我的

是这

唯一把我埋葬的声音

2021 年 6 月 13 日

读 诗

——读《骆一禾、海子兄弟诗抄》

静坐

读着两位逝者的遗著

一个因病骤死

一个卧轨暴亡

两个人的光芒

像太阳底下青葱的麦苗

散发出阳光的味道

习惯了没有思想的生活

炫耀起丰盛的血肉之躯

和一副脑满肠肥的皮囊

流浪的日子

未能学会吃堑长智

岁月的精彩

就这样匆匆溜走

2021 年 6 月 27 日

天安门

每一个国家

都有她的心脏

就像每一个嗷嗷待哺的孕儿

离不开娘胎的脐带

那巍巍的纪念碑上

刻写的名字

所有的记忆都在这里发生

广场上整齐排列的石砖

是这共和国和古老历史的

红色传承

连接这座广场与她的

是一条叫长安街的宽阔马路

她自己的名字叫——

天安门

2021 年 6 月 28 日

最后一条香烟

至少目前

我穷得只剩下一条

快要发霉的香烟

妻子怀恨

儿子讨厌

要我发誓

与它不共戴天

我点烟的姿势

特别难看

递烟的风度

也让朋友低眼

我偷偷地关门

偷偷地点火

偷偷地消耗掉

每一寸借来的生命

2021 年 7 月 22 日

手　机

现在的你
承载的重量
让你不堪重负

丢了天
丢了地
丢了父母
都可以找回来

唯独丢了你
他就丢了魂
一个魂不附体的人
丢向社会
就是一颗定时炸弹

2021 年 7 月 24 日

饭　桌

吃的是氛围
吃的是情感
吃的是其乐融融

一家五口
两大三小
五副杯箸

五个人的手机
各自为战
五双筷子
在盆碗杯箸中互不相识

这种饭桌
不要也罢

2021 年 7 月 26 日

故　事

人们把它写在纸上
可它却是
行走在世间的传奇

有时候
它刚开始就渐入佳境
可结尾呢
还是一团乱麻

习惯于
没有开始
还要习惯于
没有结局

幸福
在祈祷的时候

弥漫着憧憬

悲剧

在谢幕的时候

不会相信眼泪

2021 年 8 月 19 日

骗　子

娜拉出走的时候
流下的苦泪
信徒祈祷的时候
唱出的赞歌

看悲剧电影
总会挤出些
毫不相干的泪水
读《堂吉诃德》时
从鼻腔里哼出
五味杂陈的咏叹调

2021 年 8 月 20 日

屈　原

他是一个

被亿万拥趸

充分高看的圣贤

他又是一位

被数以万计咏史者们

衷心崇仰的

高洁隐士

灵修眼里

他多言多事

多愁善感

《楚辞》篇中

他恣肆书胸

举世皆浊他独清

有人

苦研他的《橘颂》
有人
狂吟他的《离骚》

可那些
都是发生在酒杯里
和消逝在汨罗江边的
恒久故事

2021 年 8 月 25 日

杜　甫

有些人

相处愈久

敬而远之之心油然而生

有些人

读他的作品愈久

对他的品味

犹如

品茅台酱香后的回味

对于他的作品

就像品尝过的茅台

欲罢不能

2021 年 8 月 26 日

李 白

他有一大帮好友
更有一大群粉丝
他是个不折不扣的大网红

有人赞他：
斗酒诗百篇
天子呼来不上船
有人诱他：
此地有十里桃花
万家酒店

对于所有的诱惑
他都一个节奏跳舞：
桃花一潭深千尺
不及兄弟情谊深

对于所有的赞与贬
他都泰然处之：
仰天大笑出门去
我辈岂是蓬蒿人

只有一点
觉得他挺对不住
那个姓杜的小弟：
人家给他写了七八首
他只回了一首
可那并不影响
他们的深情厚谊

2021 年 8 月 27 日

开 颅

脑袋里长个

豆芽菜大的雪球

那可是件

天大的事情

七岁的孩子

剃光长发

泪眼中噙着微笑

短短一个手术

八十二秒的心脏骤停

醒来的世界

残缺之余

成就了美丽的童话

合十的双手

汗水浸出希望

2021 年 9 月 6 日

孔乙己

多年以后
孔乙己又来酒店
专点了一碟茴香豆

孔老夫子吃茴香豆的时候
店里的一群人正在研究
茴字的另八种写法

穿长衫的人
却爱站着喝酒
这不是鲁镇酒店的特例
咸亨酒店也不例外

2021 年 9 月 7 日

中秋节

没有到来的节日
可不可以提前庆祝

今年不吃月饼
更不会去麻烦别人

月饼是用来吃的
不是用来送的

不吃月饼的日子久了
也便忘却了它的味道

2021 年 9 月 7 日

笔记本

没人问过

这世界上还有没有真理

但我知道

确实还有

更多残酷的真相

有心人

勇敢地买下一本

猩红扉页的笔记本

把它当作数码相机

要将所有的真理

还有真相

统统记录下来

2021 年 9 月 9 日

道　德

道与德
就是两个独立的生命
可他们却是
一对唇齿相依的孪生兄弟

道是"遵道"的那个道吗
德还是"感恩戴德"的那个德吗

多少次把它们
颠倒过来拼凑
事与愿违：
这是结果捎给我的标准答案

2021 年 9 月 11 日

眼　泪

男人
只用它来告别
有时候
是对世界的留恋
在告别尘世时
这是他们
唯一恋念生命的秘诀

而女人
大多数时候
并不相信它们
只有在绝境中
偶尔利用它们
唱一出美人计
或者叫作空城计

2021 年 9 月 12 日

日　子

许多人都熬你
用阿胶婆的执着
和他人的痛苦

但更多的人
根本不懂你孕出的味道
在很久很久以前的亘古
据说是
从女娲抟土造人的那天起

那个东升西落的家伙
就让乾坤之气的精华
用风火水来诠释
又把高等灵长类的光芒
化作精气神的模样

从那时起

你渐渐变得脆弱且虚浮

熬你的人

偶尔熬得苦尽甘来

劫你的人

大多混得风生水起

你的眼泪

是用笑声演绎的悲剧

你的心痛

是掘泥土抟成的家园

在所有的时候

你是所有人珍惜

却最易逝去的珍宝

你是全人类

不分贵贱的他们

掌上熠熠生辉的塔

2021 年 10 月 3 日

自　作

感情

不知道她像不像一朵花

有盛开的季节

凋谢的时候

她就成了一堆

枯萎的渣渣

至于这个若即若离的家伙

处久了

也有摸到她品性的时候

只要金钱不在她的肠子里

哗哗作响

化成枯萎的渣渣

也无所谓

2021 年 10 月 8 日

花瓣与心脏

我曾经
想把摔碎的花瓣
挂在流血的心脏里

可胸腔是需要剖开的
我于是划破肚皮
让尖刀直刺胸腔

殷红的血流
伴着滚烫的心脏
像秋雨一样哗哗落下

我倒下了，却像比干丞相一样
空露胸腔循阶徐行
可后来呢

一位好心人
终于遂了我的心愿
她把我摔碎的花瓣
挂在我枯萎的心脏上

2021 年 10 月 10 日

笛　声

数枝寒梅的墙角

听见一位老人卖艺的乐音

感觉中

仿佛有霜打着枫叶的疼痛

婉约或是忧郁

品味错了的时候

听觉真伪难辨

自他共振的音符里

淌出阵阵

从容不迫的旋律

五百元一场的门票

登堂入室者的身价

而今晚

民间艺人的心弦

告诉你

他连五角钱的饭票也不要

2021 年 10 月 12 日

夏　天

树的颜色
变得忽明忽暗
吹响眼神
无助的耳朵还在打着盹

爬爬虫和蚱蜢结伴而行
沿着绿色和蓝色相间的水库大堤

蚂蚁赶来报信：
台风的尾巴也许会
横扫愚人们酣睡的屋顶

老鼠和毛毛虫商量着阳谋
但说出阳谋
夏天的心
已不属于痴心人自己

只有一只旱鸭子

正在暴风雨中等待着

属于自己久旱的甘霖

2021 年 10 月 13 日

狂野中的力量

沧桑在力量的翅膀上开花

青春需要折磨

作品需要折腾

故事在泥沼中孕育

心痛乃音乐之脊柱

生存之魂

无源之水

嗓子冒了烟

四平八稳的旋律

苦难织成的网

2021 年 10 月 15 日

无 题

思想混沌之际

乃肉身清醒之时

我顶着炎热的月光

披起猩红色的风

听见酣睡人的影子

遇见一些毫不相干的情缘

数次倔强后的臣服

把剪刀磨成了绳索

我收拾好灵魂

准备美美地

睡上一个大觉

2021 年 10 月 29 日

机 智

公开的大场面上
我慷慨陈词激情飞扬
身边的她建言：
声音太大太响

小小的餐桌旁
我咂着嘴喝汤
座旁的他劝告：
仪表不够规章

我放的臭屁自带高分贝音量
为了优雅与舒张
只好躲进冰冷的冲凉房
唯有那里
我可以尽情挥洒
放飞自己不争气的大肠

2022 年 2 月 12 日

我

我是位不长皱纹的耄耋老人

我的思想之树已开了一千年的花

我的泪水却没有流成长江、黄河

甚至连恒河的长度也没有

我在自己污染的水源里做饭、洗菜

我美肴的香味惊扰了无数孩子们以及他们的家人

我在春风里听到的是孩子们的欢呼声

和他们家人的诅咒

只有蛆虫爬过来津津有味地品尝腐坏

我心里的皱纹永远跑不过额头上的年轮

我手捧着发黄的古书却在想着年轻时的豪迈

我吃着无根的蔬菜

却来不及站在跑步机上十指张开

我隐居在城市的山林里虚假地存在

我房间里只有一张床、一根数据线和几本破书

我的日子就是一场没法交代的交代

我从此宣布自己跑不出自己生活了几个世纪的世界

2021 年 12 月 9 日

我被时间错过了

本该上学的时候
却在生孩哺娃
到了考大学的年纪
却被大我两轮的老家伙骗上了床

我曾是朵含苞欲放的玫瑰
却在林黛玉的花季里
葬死在秦可卿的床上

我的灵魂里只有血色
没有花朵
我的记忆中只有枯萎
没有芬芳

时间在我手中
是只永远飞也飞不走的风筝

2021 年 12 月 14 日

黑夜里，请立于光亮之中

我的头马于黑夜中走失了

她明亮的眼睛和黑色的身体

在黎明的途中被发现

失去生命的孩子啊

你本该在这苍凉的夜晚

于战栗的恐惧里

立于照亮你前行的光束中

所有智者中的愚者

和愚者中的智者

你本该勇往直前

绝不回望从前

但请你瞪大黑色但不黑暗的眼睛

黑夜里

请你立在你本该站立的光亮中

2021 年 12 月 15 日

怜　狗

曾经发誓

绝不与狗同梯

每次进电梯遇狗和它的主人

礼让三分

那是我没有选择的选择

我本善良

然不会容忍恶狗横行

但见今天楼下穿衣犬

可怜地坐望主人放浪形骸

顿然勾起我的怜悯

一刹那的怜意

诱我抱起它

逃进空荡荡的电梯

2022 年 2 月 10 日